RATUS POCHE

COLLECTION DIRIGÉE PAR JEANINE ET JEAN GUION

Francette top secrète

L'arbre magique

Francette top secrète

- Mystère à l'école
- Drôle de momie !
- Mission Noël
- Enquête à quatre pattes
- Le fantôme de Trucmachin
- Vacances au Pouloulou
- Justin à la folie
- Macaroni super agent secret
- L'arbre magique

© Hatier Paris 2013, ISSN 1259 4652, ISBN 978-2-218-96031-4

Francette top secrète

L'arbre magique

Une histoire de Catherine Kalengula
illustrée par Isabelle Maroger

Hatier jeunesse

PL Gans

Dans la famille de Francette, tout le monde est agent secret : son père, sa mère et même sa grand-mère ! Mais la plus douée de tous, c'est bien Francette top secrète…

Les personnages de l'histoire

1

Dans ma classe, on n'a pas de chance,
cette année ! Il y a un nouveau que je
n'aime pas du tout : César. C'est un vrai
méchant. Non, non, je n'exagère pas. Il 1
terrorise tout le monde, et surtout les plus 2
petits que lui. Il faut dire qu'il est super
costaud. Il a des épaules larges comme
une porte de garage et des bras aussi gros
que des troncs !

Tenez, l'autre jour, il a coupé un bout de la tresse de Lili. La pauvre, après, elle a pleuré toute la journée. Madame Roger, la maîtresse, était furieuse. Elle a privé César

Qu'a fait César à Lili ?

de récré pour un mois entier, mais ça ne l'empêche pas de continuer ses bêtises !

Le lendemain, à la cantine, c'était au tour de Poulou. César lui a renversé une assiette de spaghettis à la tomate sur la tête. Ensuite, il a dit à Madame Roger qu'il ne l'avait pas fait exprès. Parce qu'en plus d'être méchant, il ment tout le temps.

Et ce n'est pas fini ! Hier, il a cassé les lunettes d'Alix en deux. Madame Roger
les a rafistolées avec du scotch et du coup, 3
Alix trouve qu'elles ressemblent à celles
d'un sorcier vu à la télé. Il s'est regardé dans 4
ma casquette miroir, un super gadget avec une visière qui permet de voir si on est suivi, et il a dit :

– Waouh ! Je suis très beau, je pourrais

passer à la télé, moi aussi.

Maintenant, il se prend pour un sorcier !

Vous savez le pire dans tout ça ?

Demain, nous partons pour trois jours en forêt avec la classe. Je prépare mon sac en me demandant ce que le méchant va encore inventer. Macaroni, mon petit chien top secret, m'apporte son os déformeur de voix. On dirait un jouet en plastique, mais à l'intérieur, il y a un appareil électronique. Avec ce gadget, Macaroni peut pousser de gros Ouaf Ouaf qui font fuir les voleurs !

– Bonne idée, Macaroni. Merci !

Et si j'emportais d'autres gadgets, au cas où ? Vite, mon coffre top secret ! Mais Maman arrive dans ma chambre.

– Non, ma Francette, cette fois, pas de

gadgets. En forêt, tu vas devoir apprendre
à te débrouiller sans eux. Laisse ton coffre 5
à la maison.

Moi, j'ai envie de crier : au secours !

Le lendemain matin, c'est parti ! Avec Lili, Alix et Poulou, on n'est pas vraiment rassuré. Mais dans le car qui nous conduit vers la forêt, César reste silencieux. Pas de moquerie, ni de bêtise. Étrange…

Je murmure quelques mots à l'oreille de Lili, qui est assise à côté de moi.

– Je me demande ce qu'il prépare…

Lili me regarde avec des yeux ronds.

– Avec lui, il faut s'attendre à tout !

Assis devant nous, Poulou secoue la tête d'un air découragé. Quant à Alix, il sort sa
règle en plastique soi-disant magique. 6

Qu'est-ce que Francette doit laisser chez elle ?

– Pas de soucis, les copains ! Le grand sorcier que je suis va trouver une solution. Abracadabra, Ratatabus, Ratatabis, César, transforme-toi en rat d'égout !

Bien entendu, César reste comme il est.

Alix hausse les épaules.

– Bon, ça n'a pas marché. Il faut juste que je m'entraîne encore un peu. Mais vous verrez, un jour, je vais finir par y arriver !

Pfft ! Si seulement ça pouvait être vrai…

2

Une fois arrivés, nous montons nos tentes avec l'aide de Madame Roger. Ce travail terminé, avec Lili, Poulou et Alix, nous partons chercher des morceaux de
bois pour allumer un feu de camp. Madame 7
Roger a tout prévu pour protéger la forêt et elle surveillera le feu de près.

Quand nous rentrons, nos sacs ont été vidés et nos vêtements sont accrochés aux branches des arbres. Lili se met à pleurer :

– Oh non, mon doudou !

Son petit hamster en peluche a été jeté dans le ruisseau. Et il est déjà loin, emporté par le courant. D'autres peluches flottent sur l'eau, tous les doudous que César a trouvés. C'était donc ça le mauvais coup qu'il préparait ! La maîtresse n'a rien vu, elle s'occupait des activités du lendemain : des jeux de cirque en plein air. Elle installait le trampoline, rangeait les balles pour apprendre à jongler, les échasses et les déguisements de clowns. C'est que le méchant est drôlement rapide ! Il a même eu le temps de graver son nom sur l'écorce d'un chêne.

Je lui dis qu'il n'a pas le droit d'abîmer la forêt ! La maîtresse est très en colère.

– Viens ici César, nous allons repêcher les doudous. Après, tu fileras dans ta tente. Tu es puni pour la soirée. Et demain, tu

Trouve deux grosses sottises faites par César.

devras m'aider à servir le petit-déjeuner. Si tout se passe bien, tu pourras participer aux activités.

Le méchant me lance un regard noir. 9

Je dois trouver un plan, et vite ! Sans le vouloir, avec ses histoires de sorcier, Alix me donne une idée. Autour du feu, la maîtresse nous apprend des chansons. Pendant que les autres enfants chantent à tue-tête, mes copains et moi chuchotons… 10

La nuit est tombée et la lune brille dans le ciel étoilé. Sous la tente où je vais dormir avec Lili, je parle très fort, exprès.

– Avant de venir ici, j'ai lu un livre. On y raconte qu'autrefois c'était une forêt magique. Tout à l'heure, César a offensé 11
le grand Cracochêne, l'arbre sacré des

Quelle punition Madame Roger donne-t-elle à César ?

druides. Ils pensaient que ce chêne abritait 12
l'Esprit de la nature. Tu sais, il est écrit 13
dans mon livre que celui qui l'abîme recevra une terrible punition !

Dans la tente d'à-côté, César se roule de
rire dans son duvet : 14

– Les punitions, j'en ai déjà reçu des millions ! Alors, je m'en moque !

Bientôt, il se met à ronfler. Pour nous, le moment est venu de passer à l'action. La vengeance du Cracochêne est en marche !

Quand tout le monde dort, Poulou, Lili et moi allons ouvrir la tente de César. Je me charge de lui chatouiller le nez avec une plume. Le méchant se frotte les yeux en bâillant.

– Quoi ? C'est déjà l'heure de mon

D'après les trois amis, quel sort a jeté le Cracochêne ?

chocolat, Maman ? Oh, mais c'est vous ! Comment osez-vous me réveiller ?

Il sort de sa tente et nous menace :

– Vous allez voir, bande de moustiques, je vais vous montrer qui est le plus…

Mais soudain, il s'arrête, étonné.

– Oh, mais qu'est-ce qu'il vous arrive ? Pourquoi vous êtes si grands ?

– Nous, grands ? Mais c'est toi qui es petit, monsieur mini-César ! dit Lili.

– Tu as offensé le grand Cracochêne, alors il t'a jeté un sort ! ajoute Poulou.

Je pousse un grand « Ah ah ah ! » qui fait trembler César, de la tête aux pieds.

– Hiiii ! C'est horrible, j'ai rapetissé !

Il court s'agenouiller près de l'arbre et se met à pleurnicher :

– Ô grand Cracochêne, je t'en supplie, s'il te plaît, rends-moi ma taille normale !

L'arbre répond d'une grosse voix :

– D'abord, tu devras être gentil avec tes camarades et ne plus jamais les embêter !

– Oui, oui, c'est promis !

– Alors, tu peux retourner te coucher. Mais si par malheur tu ne respectes pas ta promesse, tu deviendras si petit qu'on te prendra pour une souris ! Et un chat passant par là te croquera, cra, cra, cra !

3

Le lendemain matin, au petit-déjeuner, César est très bizarre. Pas de menace, ni de mauvaise blague. Aucun bol renversé « sans le faire exprès », si vous voyez ce que je veux dire…

Après avoir aidé Madame Roger, le méchant se tait et reste assis tout seul, dans un coin. Il ne prend même pas les croissants des autres enfants.

Décidément, il n'a pas l'air dans son
assiette ! Avec Lili, Alix et Poulou, on se 16
regarde avec la même idée : notre plan a marché ! César a enfin compris ce que ça

Quelle nouvelle bêtise invente César ?

fait de se sentir petit.

Un peu plus tard, quand Madame Roger
commence les activités, César jette un
coup d'œil intrigué aux échasses. Il doit 17
se demander si cette nuit, on ne les avait
pas cachées sous les grands pantalons de
clowns. Mais il faisait sombre…

L'après-midi, c'est plus fort que lui, il recommence à nous embêter. Il vide un seau d'eau sur Poulou.

– Oh, le petit poussin tout mouillé !

Mais soudain, derrière lui, résonne la 18
voix terrifiante du grand Cracochêne !

– Tu as déjà oublié ta promesse ! Tu vas devenir aussi petit qu'une souris… Si jamais un chat affamé passe par là, il te croquera, cra, cra, cra !

Qui s'était caché derrière le Cracochêne ?

César devient tout blanc.

– Pardon, pardon ! Je me calme, juré !

Terrorisé, il s'enfuit en courant et je dis à Alix qu'il peut sortir de sa cachette, derrière l'arbre. Finalement, avec ses lunettes cassées, mon copain est bien devenu un grand sorcier ! Mais bon, c'est surtout grâce à l'os déformeur de voix de mon petit chien malin. Merci Macaroni !

Madame Roger rattrape César :

– Pourquoi cours-tu comme ça ?

César se met à bredouiller : 19

– C'est à cause de l'arbre, maîtresse. Il est vraiment trop méchant !

Bien sûr, la maîtresse ne comprend pas, et nous, on éclate de rire…

1

je **n'exagère pas**
Je dis la vérité.

2

il **terrorise**
César fait très peur aux autres enfants.

3

les lunettes **rafistolées**
Elles sont réparées, mais pas très bien.

4

un **sorcier**
Une personne qui a des pouvoirs magiques.

5

tu vas **te débrouiller**
Tu vas devoir tout faire seule, sans aide.

6

soi-disant
Alix dit que sa règle est magique, mais en réalité elle ne l'est pas.

7

un **feu de camp**
Feu que font des campeurs.

8

des **échasses**
Deux longs bâtons pour marcher en se grandissant.

9

un **regard noir**
Un regard méchant.

10
nous **chuchotons**
Nous parlons à voix basse.

11
il **a offensé**
Il a fait quelque chose de mal.

12
un **druide**
Sorte de prêtre qui vivait autrefois dans les pays celtes, comme la Bretagne.

13
l'**Esprit de la nature**
Le Cracochêne est un arbre magique.

14
un **duvet**
Un sac de couchage pour dormir quand on fait du camping.

15
il t'**a jeté un sort**
Il t'a ensorcelé avec des paroles magiques.

16
pas **dans son assiette**
César n'a pas l'air d'aller bien.

17
intrigué
Très étonné.

18
la voix **résonne**
La voix fait beaucoup de bruit, comme s'il y avait un écho.

19
bredouiller
Parler vite en prononçant mal.

Les aventures du rat vert

- 1 Le robot de Ratus
- 3 Les champignons de Ratus
- 6 Ratus raconte ses vacances
- 7 Le cadeau de Mamie Ratus
- 8 Ratus et la télévision
- 15 Ratus se déguise
- 19 Les mensonges de Ratus
- 21 Ratus écrit un livre
- 23 L'anniversaire de Ratus
- 26 Ratus à l'école du cirque
- 29 Ratus et le sapin-cactus
- 36 Ratus et le poisson-fou
- 39 Noël chez Mamie Ratus
- 40 Ratus et les puces savantes
- 46 Ratus en ballon
- 47 Ratus père Noël
- 50 Ratus à l'école
- 54 Un nouvel ami pour Ratus
- 57 Ratus et le monstre du lac
- 61 Ratus et le trésor du pirate
- 67 Les belles vacances de Ratus
- 71 La cabane de Ratus
- 73 Ratus court le marathon
- 75 Ratus fait du surf
- 76 Ratus joue aux devinettes

- 1 Ratus chez le coiffeur
- 2 Ratus et les lapins
- 3 Les parapluies de Mamie Ratus
- 9 Ratus aux sports d'hiver
- 13 Ratus pique-nique
- 23 Ratus sur la route des vacances
- 27 La grosse bêtise de Ratus
- 31 Le secret de Mamie Ratus
- 38 Ratus chez les robots
- 41 Ratus à la ferme
- 46 Ratus champion de tennis
- 56 Ratus et l'œuf magique
- 60 Ratus et le barbu turlututu
- 64 Ratus chez les cow-boys
- 66 Le jeu vidéo de Ratus

- 5 Les fantômes de Mamie Ratus
- 8 La classe de Ratus en voyage
- 12 Ratus en Afrique
- 16 Ratus et l'étrange maîtresse
- 26 Ratus à l'hôpital
- 29 Ratus et la petite princesse
- 31 Ratus et le sorcier
- 33 Ratus gardien de zoo
- 47 En vacances chez Ratus
- 52 Ratus le chevalier vert

Super-Mamie et la forêt interdite

- 42 Super-Mamie et le dragon
- 44 Les farces magiques de Super-Mamie
- 48 Le drôle de cadeau de Super-Mamie
- 59 Super-Mamie et le coiffeur fou

- 42 Au secours, Super-Mamie !
- 45 Super-Mamie et la machine à rétrécir
- 57 Super-Mamie, dentiste royale
- 62 Le Grand Baboul fait la classe

Collection Ratus Poche

Les histoires de toujours

- 27 Icare, l'homme-oiseau
- 32 Les aventures du chat botté
- 35 Les moutons de Panurge
- 37 Le malin petit tailleur
- 41 Histoires et proverbes d'animaux
- 49 Pégase, le cheval ailé
- 26 Le cheval de Troie
- 43 La légende des santons de Provence
- 49 Les malheurs du père Noël
- 52 À l'école de grand-père
- 21 L'extraordinaire voyage d'Ulysse
- 36 Les douze travaux d'Hercule
- 46 Les mille et une nuits de Shéhérazade
- 49 La malédiction de Toutankhamon
- 50 Christophe Colomb et le Nouveau Monde
- 53 Des dieux et des héros
- 54 Des monstres et des héros

Ralette, drôle de chipie

- 10 Ralette au feu d'artifice
- 11 Ralette fait des crêpes
- 13 Ralette fait du camping
- 18 Ralette fait du judo
- 22 La cachette de Ralette
- 24 Une surprise pour Ralette
- 28 Le poney de Ralette
- 38 Ralette, reine du carnaval
- 45 Ralette, la super-chipie !
- 51 Joyeux Noël, Ralette !
- 56 Ralette, reine de la magie
- 62 Ralette et son chien
- 70 En voiture, Ralette !
- 4 Ralette n'a peur de rien
- 6 Mais où est Ralette ?
- 44 Les amoureux de Ralette

L'école de Mme Bégonia

- 11 Drôle de maîtresse
- 33 Un chien à l'école

La classe de 6^e^

- 44 La classe de 6e au Puy du Fou
- 48 La classe de 6e contre les troisièmes

Collection Ratus Poche

Les imbattables

54 La rentrée de Manon
55 Le chien de Quentin
61 Le courage de Manon
63 Le mystère du cheval sauvage
65 Les éléphants en danger
67 Manon et le bébé loup
68 Les imbattables aux jeux olympiques
69 Le mystérieux nouveau

Baptiste et Clara

30 Baptiste et le requin
40 Clara et la robe de ses rêves
51 Clara et le secret de Noël
53 Les vacances de Clara
59 Clara fait du cinéma
38 Clara superstar
41 Clara et le garçon du cirque
43 Clara, reine des fleurs
45 Clara et le cheval noir
51 Clara et le dauphin

Francette top secrète

52 Mystère à l'école
53 Drôle de momie !
55 Mission Noël
58 Enquête à quatre pattes
60 Le fantôme de Trucmachin
64 Vacances au Pouloulou
68 Justin à la folie
74 Macaroni super agent secret
78 L'arbre magique

M. Loup et Compagnie

63 Mission petite souris
65 SOS, père Noël !
66 Trop bon, le dinosaure !
69 Attention, ouistiti !
72 M. Loup, nounou d'enfer !
77 M. Loup, super-pompier

Conception graphique couverture : Pouty Design
Conception graphique intérieur : Jean Yves Grall • mise en page : Atelier JMH

Imprimé en France par Pollina, 85400 Luçon - L66310
Dépôt légal : n°96031- 4/01 - octobre 2013

PAPIER À BASE DE FIBRES CERTIFIÉES

Hatier s'engage pour l'environnement en réduisant l'empreinte carbone de ses livres. Celle de cet exemplaire est de : 300 g éq. CO_2
Rendez-vous sur www.hatier-durable.fr

IMPRIM'VERT®